HABILIDADES PARA TENER ÉXITO™

CÓMO MEJORAR TU PORTAFOLIO

DON RAUF

TRADUCIDO POR ALBERTO JIMÉNEZ

ROUND LAKE AREA
LIBRARY
906 HART ROAD
ROUND LAKE, IL 60073
(847) 546-7060

New York

Published in 2018 by The Rosen Publishing Group, Inc.
29 East 21st Street, New York, NY 10010

Copyright © 2018 by The Rosen Publishing Group, Inc.

First Edition

All rights reserved. No part of this book may be reproduced in any form without permission in writing from the publisher, except by a reviewer.

Library of Congress Cataloging-in-Publication Data

Names: Rauf, Don, author.
Title: Cómo mejorar tu portafolio (Strengthening portfolio-building skills) Don Rauf.
Description: First edition. | New York : Rosen Publishing, 2018. | Series: Habilidades para tener éxito (Skills for success) | Includes bibliographical references and index.
Identifiers: LCCN 2016055875 | ISBN 9781508177531 (library bound)
Subjects: LCSH: Portfolios in education. | Employment portfolios.
Classification: LCC LB1029.P67 R38 2018 | DDC 371.3/8—dc23
LC record available at https://lccn.loc.gov/2016055875

Manufactured in the United States of America

CONTENIDO

Introducción 4

CAPÍTULO UNO
Portafolios para todos 7

CAPÍTULO DOS
Armar tu portafolio 17

CAPÍTULO TRES
Hacer un portafolio estudiantil genial 26

CAPÍTULO CUATRO
Errores del portafolio y cómo evitarlos 36

CAPÍTULO CINCO
Lo que ven los empleadores 44

Glosario 53

Para más información 55

Más lecturas 57

Bibliografía 58

Índice 61

INTRODUCCIÓN

A la hora de buscar trabajo, los aspirantes deben contar con un currículum ganador, una carta de presentación convincente y referencias, si es posible. En el mercado laboral de hoy, el portafolio es imprescindible para ganar en una situación competitiva. Y los portafolios no solo sirven para quienes buscan empleo. Los estudiantes los utilizan para presentar sus logros académicos, su experiencia y sus aptitudes, a fin de conseguir la admisión en las universidades más prestigiosas. Además, es una herramienta valiosa en el momento de pedir un aumento de sueldo, una promoción o una beca.

Mucha gente cree que no es necesario, que puede documentar muy bien su vida en Facebook y LinkedIn, pero eso no es lo suficientemente detallado para salir adelante como estudiante o trabajador. Aunque el portafolio se ha asociado siempre a los estudios de arte o a las carreras artísticas, esta colección de muestras de logros y empleos se ha convertido en la norma para casi cualquier ocupación.

Son cada vez más los profesionales que descubren que es un factor determinante a la hora de conseguir empleo porque complementa el currículum y consigue que el verdadero trabajo realizado por ti cobre vida.

Puede incluir fotos, diapositivas, folletos, listados

El portafolio que ilustra las obras, los conocimientos y otros logros es clave para que el demandante de empleo consiga el puesto soñado.

estadísticos, recortes de prensa, informes anuales, imágenes de productos desarrollados o descripciones de proyectos completados. Este contenido, que se presenta en carpetas (para notas y documentos), grandes estuches portátiles (para obras de arte) o sitios web, es la prueba de que cuentas con todo lo necesario para hacer un determinado tipo de labor.

Liz Danzico, directora creativa de la National Public Radio, recurre a ellos para seleccionar nuevos candidatos.

"El portafolio laboral es la exposición de una experiencia", dijo al ser entrevistada para la revista *Core 77/Industrial*. "Es la oportunidad del solicitante de dar forma al modo en que ve su enfoque, sus métodos, sus procesos e intenciones. Sin embargo, a menudo solo contiene obras acabadas, como si el solicitante estuviera obsesionado con la perfección. Algo pulido no comunica el proceso y, en consecuencia, solo se ve una parte de la historia. Los problemas complicados —y cómo el solicitante se enfrenta a ellos— son mucho más significativos para un portafolio que una solución cerrada. Por tanto, es responsabilidad del autor exponerlos de forma que el revisor del portafolio reviva su experiencia".

Como señala Danzico, con él se pone de manifiesto el enfoque del solicitante, cómo se enfrentará a un trabajo. Establecer la identidad profesional, lo que se denomina *marca profesional*, es lo que te distingue del resto. Demuestra tu evolución y las habilidades que has perfeccionado, enmarca y narra tu vida profesional. Otro de sus aspectos positivos es que, al recopilar tus mejores obras, te da la ocasión de comprobar lo que has conseguido y de enorgullecerte de tus logros.

Debe tratarse como un documento vivo, un cuerpo de pruebas que crece sin cesar. Debe actualizarse y corregirse de forma periódica para que siga siendo actual y representativo. Hasta en los inicios de tu carrera profesional o académica puedes empezar a reunir material para constituir un portafolio robusto; uno que te guíe y te lleve por el camino adecuado para alcanzar tus metas.

CAPÍTULO UNO

Portafolios para todos

Para entrar en la universidad que deseas o conseguir el trabajo que sueñas, necesitas destacar. El currículum cuenta a los posibles empleadores tus conocimientos y tus logros, pero el portafolio les enseña lo que realmente has hecho. Las imágenes son más expresivas a veces que las palabras, y la gente responde a ellas. El portafolio puede convertirse en uno de tus mejores ganchos comerciales, ya que, al exponer tus obras en términos visuales, hace que el currículum cobre vida.

El portafolio actual consiste, en ocasiones, en una serie de documentos físicos y, en otras, en una presentación electrónica en un sitio web, medio que además es conveniente para promocionar éxitos pasados. El simple hecho de crearlo, le ayuda a un individuo a comprender su propia historia y a descubrir quién es realmente como profesional.

Recopilar una colección de obras es la preparación más adecuada para una entrevista laboral, ya que facilita el debate de aptitudes y conocimientos, y explica tu evolución profesional y tu capacidad de enfrentarte a los retos. Pero, para ti, es una forma de evaluar tus puntos fuertes y

El material y la información del portafolio estimulan el desarrollo de una conversación interesante durante la entrevista de trabajo, lo que suele convencer al empleador.

débiles (a fin de saber dónde necesitas mejorar en futuros empeños) y de descubrir patrones en la creatividad, el estilo o los proyectos, algo que revelará tus preferencias.

En una entrevista, el portafolio también proporciona material para la conversación. Es más fácil y convincente describir cómo has desarrollado y ejecutado un plan cuando cuentas con ilustraciones que relatan la historia. Otra ventaja es que la orgullosa verbalización de tus aciertos impresionará al empleador, sobre todo cuando comprueba con sus propios ojos lo que has conseguido.

Según vayas haciéndote mayor, podrás crear dos portafolios: uno más extenso con tus obras más significativas, y una versión resumida y corregida donde expongas tus objetivos actuales. Ambos te servirán para entrar en un centro de enseñanza superior, conseguir trabajo o algo muy distinto.

PORTAFOLIOS PARA TODOS

LO IMPRESCINDIBLE PARA EL SOLICITANTE

Aunque el portafolio puede sin duda asegurar un puesto, el kit del solicitante debe incluir ciertas herramientas estándar: currículum, carta de presentación, recomendaciones… y capacidad para entrevistarse.

- **Currículum sin errores.** El currículum proporciona una instantánea concisa de una a dos páginas de

(Continúa en la página siguiente)

El currículum sigue siendo la principal herramienta para quien busca empleo. Este es un ejemplo del formulario que resume la experiencia laboral, las aptitudes, la formación y otras cualificaciones.

quién eres como empleado potencial. Incluye tu experiencia laboral, tus aptitudes, tus logros y tu formación. Como los empleadores suelen recurrir a este documento en primer lugar, tiene que estar bien escrito y sin faltas.

- **Carta de presentación convincente.** Esta carta te presenta al posible empleador y te permite explicar por qué tus conocimientos y tus antecedentes constituyen una buena elección para un trabajo específico.

- **Buenas referencias.** Si pretendes conseguir un puesto, el potencial empleador querrá comprobar tus antecedentes y hacer unas cuantas llamadas que confirmen la calidad de tu trabajo. Estas referencias deben abogar por tus características positivas, como puntualidad, ética laboral, creatividad, capacidad de trabajo en equipo, habilidades sociales, etc.

- **Capacidad para entrevistarse.** El encuentro cara a cara con el potencial empleador puede ser el factor decisivo que incline la balanza a tu favor. Los empleadores quieren saber cómo interactúas en el ámbito personal y cómo te comunicas en privado. Los demandantes siempre practican para entrevistarse y revisan los puntos que deben enfatizar para dar la mejor impresión posible.

¿CUÁLES SON LOS INGREDIENTES BÁSICOS?

Aunque el portafolio complementa al currículum, este siempre forma parte del portafolio. Cuando el potencial empleador revisa el material del candidato, es posible que separe el currículum, así que incluir una copia del mismo le ayudará a relacionar de forma automática al candidato con su portafolio.

Es preciso que las muestras de trabajo que contenga sean de la mayor calidad, ya que así demostrarán la versatilidad y la capacidad del solicitante para desempeñar un puesto concreto. Consisten en el mejor guion, anuncio, folleto, informe, diseño, etc., y deben ir acompañadas de un texto, a fin de que el que esté revisando entienda qué está viendo y por qué es importante. ¿Cuándo se hizo el proyecto? ¿Cuál era su intención? ¿Cuánto tiempo llevó crearlo? ¿Consiguió sus objetivos? ¿Dónde se acabó? ¿Quién participó? ¿Quién era el cliente? ¿Cuál era el público objetivo?

Pregúntate si su contenido manifiesta capacidad para cumplir plazos, respetar el presupuesto, llevarse bien con otros, ser productivo pese a las tensiones, conseguir resultados y satisfacer al cliente. Además de las muestras de trabajo, ciertas personas presentan la cobertura que los medios informativos han dado a su obra: artículos de prensa o entrevistas para TV, radio o internet. A veces las fotos son muy efectivas. Una instantánea en la que estás recibiendo

Cómo mejorar tu portafolio

un premio será más convincente que tú diciendo que lo has ganado. Estos medios refuerzan tus éxitos pasados.

Debe incluir también las cartas de recomendación de colegas y jefes, evaluaciones de desempeño, certificados, galardones y cualquier otra forma de reconocimiento. También ha de contener una lista sucinta de empeños laborales exitosos. Por ejemplo, el resumen de un plan para ahorrar dinero y no salirse del presupuesto o rebajarlo, las medidas que tomaste para resolver un problema, los esfuerzos colaborativos, las veces que rendiste al máximo (trabajando los fines de semana o por las noches), o ejemplos de cómo trabajaste duro con los detalles y eso conllevó una gran recompensa. Los portafolios dan la oportunidad de explicar los conceptos de forma simple y de demostrar tu habilidad para

> Los ejemplos de cobertura mediática sobre ti resultarán muy beneficiosos para el portafolio. No dejes de incluir en él las entrevistas de radio y TV o los artículos impresos.

pensar de forma estratégica y resolver problemas reales.

EL AMPLIO MUNDO DE LOS PORTAFOLIOS

Los portafolios actuales se extienden más allá del mundo de las carreras artísticas. A continuación, reseñamos algunas de las muchas carreras que pueden ser promovidas por un portafolio ganador.

Los organizadores de eventos preparan bodas, celebraciones empresariales, recaudaciones de fondos y otras reuniones festivas para un gran número de asistentes. A fin de encontrar trabajo, deben enseñar fotos que demuestren sus éxitos y acompañarlas de un texto que describa los acontecimientos y su forma de proceder de principio a fin. Por ejemplo, los posibles clientes verán las imágenes de una boda o de una celebración empresarial que les lleven desde la organización, hasta las presentaciones al final y las despedidas.

La gente de relaciones públicas y los especialistas en *marketing* presentarán una serie de fragmentos escritos que destaquen sus mejores trabajos. A menudo, el éxito en estos campos se mide por la atención de los medios. ¿Tuviste éxito con la publicidad, ya fuera impresa, en TV o en radio?

Los chefs de hoy descubren que el portafolio es una de las herramientas más útiles de su kit culinario. Para ser impactante precisa fotos claras de platos que hagan la boca agua, así como recetas, menús, instantáneas de momentos en la cocina, recortes de prensa y entrevistas, o apariciones en radio y TV.

Casi cualquier tipo de carrera recibe un empujón con un portafolio de aspecto profesional. Un chef, por ejemplo, incluirá fotos de platos que hagan la boca agua, técnicas de preparación y recetas.

Los vídeos de preparación de platos también ayudan.

Los médicos necesitan un portafolio no solo para encontrar empleo, sino para solicitar licencias. Su contenido demuestra que han ejercido bien la medicina, están en posesión de los conocimientos y las prácticas debidos, y mantienen relaciones profesionales con sus pacientes y colegas. Los documentos precisos incluyen registros de encuentros con supervisores clínicos y académicos, evaluaciones en el lugar de trabajo, informes sobre casos de interés y cursos realizados.

Los ingenieros de cualquier tipo (aeronáuticos, electrónicos, civiles, etc.) incluyen bocetos, gráficos, diagramas y clips audiovisuales; información visual que dé una muestra de los proyectos en los que hayan colaborado.

Para los trabajadores de la construcción y los contratistas, lo más oportuno es una colección de sus mejores obras. La calidad y la gama son clave. Los constructores enseñan cocinas, baños, dormitorios, techos, garajes, viviendas enteras y espacios de oficina. Las fotos de primeros planos son pertinentes para revelar los detalles. Las fotos generales mostrarán la evolución de un proyecto, así como las fechas que manifiesten el cumplimiento de los plazos. Cualquier documento que indique el respeto de las normas de seguridad es asimismo valioso.

Los programadores de computadoras también se benefician de la presentación visual. Los empleadores que conozcan sus aplicaciones y programas apreciarán la solidez del código en cuanto lo vean. Aun así, en el sitio web Grokcode, el programador/desarrollador/codificador Jess

Johnson calcula que menos del cinco por ciento de los programadores tienen un portafolio de su trabajo. Es necesario describir cada proyecto con su nombre, nombre del cliente, papel del programador, los códigos utilizados, el código de los diagramas de flujo, el funcionamiento del programa y los lenguajes de programación, así como las habilidades y la tecnología que intervinieron en su desarrollo.

Los contables y los contadores presentan hojas de contabilidad o una lista de programas de *software* destacados. Ofrecer distintos tipos de informes de contabilidad y estadísticas referentes al volumen habitual de datos procesados demostrará tu gama de aptitudes.

Por último, los detectives privados adjuntan notas de sus casos, ejemplos del proceso de investigación y fotos de las pruebas cruciales para su resolución.

PORTAFOLIOS PARA "CARRERAS DE PORTAFOLIO"

Hoy, cada vez más gente construye su vida laboral alrededor de una serie de trabajos a tiempo parcial, como trabajos temporales, trabajos independientes y trabajos por cuenta propia. Una vida laboral forjada de esta manera se llama *carrera de portafolio*. Este tipo de recorrido es cada vez más corriente, pero incluso este necesita un portafolio. Y este debe incluir muestras del mejor trabajo realizado mientras has ido progresando de un trabajo al siguiente.

CAPÍTULO DOS

Armar tu portafolio

Hay quien dice que los mejores portafolios cuentan una historia. Explican al revisor quién eres: tus aptitudes, intereses y objetivos. Para demostrar tu capacidad, esta información debe hablar por sí misma. Todos los portafolios contienen unos componentes básicos: un currículum exhaustivo, ejemplos reales de trabajo, recomendaciones, evaluaciones del desempeño, copias de premios y certificados de formación.

EMPECEMOS

El primer paso para confeccionar un portafolio es revisar todo el trabajo que se ha hecho y valorarlo con mirada crítica, lo que para algunos significa recopilar su material profesional y reunirlo de manera que sea fácil de revisar.

Acuérdate de tus pasatiempos. Para conseguir el trabajo que de verdad te gustaría hacer, debes pensar también en tus aficiones e intereses. ¿Qué actividades te satisfacen? Escribirlas en una lista te ayudará a descubrir tus verdaderas

A veces, descubrir las aficiones y los pasatiempos que te interesan, como la música, abre la puerta a oportunidades laborales que encontrarás muy satisfactorias.

pasiones. Elige muestras que te encaminen hacia tu meta profesional. Cuando revises el material, reduce lo que elijas para tu portafolio a diez de tus obras más significativas. Si deseas añadir más, hazlo, pero recuerda que no debes abrumar al revisor. Ten presente que deberás cambiar unas muestras por otras en función del empleo que solicites. En formato electrónico facilita la inclusión de más creaciones, por si el revisor quiere ahondar más.

Repasa tu formación. Piensa en el posible material educativo que incluyes, como premios, certificados, boletines de notas, trabajos de laboratorio, investigaciones, cartas de recomendación, presentaciones de PowerPoint y cualquier otro logro o proyecto que concierna al trabajo que buscas. Repasa la totalidad de tu recorrido académico. ¿Qué clases y actividades extraescolares te gustaban más? Estas experiencias te ayudarán a concretar la colección de trabajo que reúnas.

Revisa también tu experiencia laboral. Igual que con tu formación, piensa en los tipos de trabajo que te han complacido más. ¿Qué te gustaba y qué no? ¿Has hecho algún voluntariado o has desempeñado algún trabajo temporal que impulsará tu carrera? Con este autoanálisis crearás un portafolio acorde con tus verdaderas pasiones.

PORTAFOLIOS IMPRESOS Y ELECTRÓNICOS

En función del tipo de trabajo que busques, debes preparar un portafolio impreso, uno electrónico o ambos. Aunque decidas no presentarte a los empleadores con el impreso, te será de ayuda para incluir tus trabajos, organizarlos y guardarlos en un mismo sitio.

Además, la exposición física todavía impresiona. Puede que te encuentres en situaciones donde enseñar materiales reales sea beneficioso. Los papeles físicos llegan a impactar más, sobre todo en un mundo donde pasamos una ingente cantidad de tiempo mirando la pantalla de la computadora. Los sitios web resultan a veces menos atractivos que la información física.

Aunque los portafolios impresos varían en cuanto

Cómo mejorar tu portafolio

al tamaño y al material, la mayoría suelen ser de plástico, vinilo, cuero o imitación de cuero. En una entrevista en línea para Fox Business, el responsable de selección de personal Tim Tolan dijo que la apariencia del portafolio debería hacer juego con el nivel del puesto al que se aspira. No puedes llevar una carpeta de cinco dólares si pretendes ganar un sueldo de seis cifras.

Casi todos se limitan a un maletín o una cartera negra con cremallera. Muchos contienen fundas de plástico trasparente para mostrar reproducciones de alta calidad, originales y texto. La gente con inclinaciones más artísticas hace sus propios estuches, a veces con materiales menos convencionales, como madera o corcho. Las obras artísticas

> Cuando se trata de contratar, el empleador suele juzgar el libro por su cubierta. Un estuche de portafolio con buen aspecto da siempre buena impresión.

o el material gráfico suelen montarse en tableros blancos o negros, aunque cierto contenido puede ir suelto.

Las obras artísticas voluminosas suelen presentarse en fotos, ya que los trabajos de grandes dimensiones son difíciles de manejar. No es infrecuente preparar un portafolio de reproducciones de calidad que puedan dejarse al empleador potencial. Los artistas, por ejemplo, entregan un portafolio con impresiones de alta resolución.

Como recordatorio para los empleadores, los candidatos acostumbran a incluir tarjetas profesionales o promocionales. Este tipo de portafolio suele acompañarse con su presentación en formato electrónico; este a veces se adjunta en un *pendrive*, aunque suele bastar con el *link* del sitio web.

SERVICIOS DE AYUDA PARA CONFECCIONAR PORTAFOLIOS

Hay numerosos servicios digitales especializados en organizar y presentar logros. A continuación, te damos algunas opciones que valen la pena investigar. Aunque muchas son gratuitas, otras son de pago; generalmente, cuanto más caras son, más herramientas y características ofrecen.

Weebly: Este es un gran sitio gratuito para principiantes. Sus características incluyen proyección de diapositivas, casilla de búsqueda, reproducción de vídeo y reproducción de audio.

(Continúa en la página siguiente)

Wix: Este sitio gratuito permite una customización sencilla que no requiere conocimientos de código. Los usuarios pueden elaborar una serie de estilos y atmósferas diferentes.

Wordpress: Este es un sistema versátil de manejo de contenidos usado por empresas relevantes como eBay, GM y Reuters. Es famoso por ofrecer funciones más complejas, por lo que resulta más difícil de utilizar que otros sitios web. Constituye una comunidad proyectual de "fuentes abiertas". Sus decenas de miles de usuarios la han desarrollado transformándolo en un sitio de calidad. Pero es de pago.

Behance: Este sitio multimedia muestra en línea portafolios de profesionales creativos de todo tipo de empresas. Los colegas proporcionan críticas e ideas. Los clientes pueden suscribirse a Behance portafolios para comentarlos. Aunque es gratuito, hay un servicio opcional de pago.

Squarespace: Este sitio proporciona plantillas sencillas para crear portafolios atractivos. La plataforma enfatiza el diseño. Dispone de un sistema de precios dependientes del número de páginas y de los extras.

Otros sitios son Carbonmade, Krop, Portfoliopen, Cargo, Big Black Bag, 22Slides, Moonfruit, Flavors.me y IMCreator.

CÓMO HACER UN PORTAFOLIO ELECTRÓNICO

El portafolio en línea consiste en un sitio web que muestra tu trabajo. Quienes cuentan con la preparación técnica necesaria hacen su propio sitio web desde el principio, mediante códigos y programas computacionales. Pero para quien carezca de esas aptitudes, internet ofrece muchas plataformas que hacen relativamente fácil confeccionar un portafolio en línea sin conocimientos de programación. Solo necesitas una computadora y una conexión a internet. En la mayoría de los casos, las herramientas para hacer portafolios en línea son gratuitas o tienen un precio asequible.

Para convertir las imágenes físicas a formato digital que puedas presentar en línea, necesitas escanear tu trabajo. Casi todas las impresoras actuales disponen de la opción de escaneo. Sin embargo, si la obra es demasiado grande, o el escáner no ofrece suficiente calidad, es mejor llevar las imágenes a una imprenta profesional y pedir escaneados de alta resolución. La nitidez de la imagen electrónica, o resolución, se mide en puntos por pulgada (DPI, por sus siglas en inglés). El escaneo estándar, de 300 dpi, proporciona una imagen clara sin que el archivo resulte demasiado grande.

Si tu trabajo estaba posteado en otro sitio web, quizá te baste con incluir la dirección URL. Esto es más conveniente si el material ha sido publicado y el *link* lleva directamente al revisor a esa fuente.

Muchos servicios en línea ofrecen herramientas para crear con facilidad portafolios electrónicos que permiten a los usuarios presentar su historia laboral, sus logros y un resumen de quiénes son.

Las plataformas web, como Weebly, Wix y Wordpress, proporcionan diferentes opciones de estilo, pero generalmente conviene optar por la sencillez y la consistencia. Un diseño claro y uniforme resaltará mejor tu trabajo. El portafolio en línea suele contener una biografía resumida donde cuentas tu historia y das una breve sinopsis de tu experiencia laboral, así como un punto de vista que revele tu personalidad. Si acostumbras a llevar un blog, inclúyelo.

Mientras preparas el portafolio, pregúntate: ¿Pone de manifiesto mis puntos fuertes? ¿Explica mi forma de resolver problemas? ¿Se ve cómo consigo metas o mejoro asuntos? ¿Demuestra mis conocimientos en la tecnología de vanguardia? ¿Deja clara mi versatilidad?

DÓNDE POSTEAR

Si hablamos de conexiones para encontrar empleo, uno de los mejores servicios actuales en línea es LinkedIn, una red social dedicada a fomentar la vida profesional de sus usuarios. Los responsables de recursos humanos la utilizan para encontrar candidatos con un conjunto de aptitudes específico y la experiencia requerida.

LinkedIn ofrece un Portafolio Profesional que permite resaltar muestras del trabajo (presentaciones, vídeos, etc.) como parte del perfil. Además de este sitio web, hay otros que crean portafolios electrónicos, e-portafolios. Casi todos disponen de interfaces sencillas que permiten arrastrar y dejar los archivos descargados que desees incluir.

Decidas ponerlo donde decidas, el portafolio electrónico es un anuncio de presentación personal, así que puedes añadir los *links* de otros medios sociales como Facebook, Google+ y Twitter. Cuanto más difundido esté tu trabajo, más oportunidades se te presentarán.

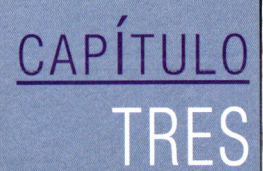

Hacer un portafolio estudiantil genial

Los alumnos suelen preparar un portafolio por dos motivos: para entrar en la enseñanza superior o para impresionar a un posible empleador y conseguir trabajo. Sea el momento en que te encuentres en tu carrera académica, es importante que guardes todos tus logros y tus creaciones en un sitio que los proteja.

Lo aconsejable es conservarlos en un portafolio físico resistente al agua y a las manchas. Los papeles y los documentos deben protegerse con fundas de plástico. Lo más importante es reservar tus mejores logros. No los metas debajo de la cama ni les pierdas la pista, ni dejes que se doblen o se estropeen.

Los estudiantes inmersos en una trayectoria artística deben reunir su trabajo en los años de instituto. No todos los alumnos necesitan un portafolio para la educación superior, pero quienes deseen adentrarse en uno de los siguientes programas, sí: Diseño de Moda, Arquitectura, Educación Artística, Historia del Arte, Cerámica, Artes Visuales, Bellas Artes, Diseño Gráfico, Diseño de Interio-

Un portafolio académico también es útil para la enseñanza superior. Debe contener muestras de los trabajos más impresionantes, lo que incluye las presentaciones hechas en clase.

res, Modelaje, Pintura, Fotografía, Grabado, Escultura y Escritura (para programas centrados en poesía, ficción o escritura de guiones).

RECURRIR A LA EXPERIENCIA ACADÉMICA

Muchos universitarios de los primeros años que desean entrar en el mundo laboral se encuentran con un problema: para conseguir trabajo necesitan experiencia, pero no pueden obtener esa experiencia si no trabajan. Estos primeros pasos son difíciles, pero también lo es la preparación del portafolio. El alumno que carece de experiencia laboral debe recurrir a muestras del trabajo escolar, de voluntariado y de actividades en el campus.

Por ello ha de revisar meticulosamente sus actividades y logros para decidir cuáles presentar. En ciertas ocasiones, una afición o una actividad extraescolar proporciona un material impresionante. Por ejemplo, entregar un blog o un *podcast* puede demostrar creatividad, dedicación y dominio de un medio.

Piensa en todos los proyectos y los trabajos de clase que hayas hecho, o los exámenes en los que hayas obtenido notas especialmente buenas. Consulta, además, a los orientadores escolares y a los centros universitarios de tu zona. A veces ofrecen ayuda para preparar portafolios.

Un artículo de *USA Today* titulado "¿Qué debe incluir en su portafolio digital un alumno de Geología?" describe la historia de una estudiante que, tras empezar la enseñanza superior en dos disciplinas, Márquetin y Diseño Gráfico, decidió al cabo de un tiempo cambiarse a Geología. Había empezado a preparar un portafolio digital con pósteres y logos, pero tuvo que reemplazarlos por gráficos, mapas y texto relacionados con su nueva disciplina. El Departamento de Geología de su escuela, Augustana College, de Rock Island, Illinois, exige a sus alumnos que hagan un portafolio digital utilizando Google Sites, un servicio gratuito de Google que permite crear, editar y compartir sitios web.

Poco a poco, la alumna fue realizando trabajos relacionados con su nueva área de interés, y los fue incluyendo

A través de servicios como Google Sites, los estudiantes y los demandantes de empleo pueden descargar materiales que demuestren sus logros y compartir su presentación por internet.

en su portafolio. Trazó mapas para el curso de Cartografía, con fotos y gráficos temáticos centrados en temas específicos, como una zona cultivada de Michigan o la producción estadounidense de cacahuetes.

Su experiencia en el mundo gráfico le sirvió de ayuda. Echó mano de sus conocimientos de *software*, con Adobe Illustrator y Photoshop, para componer diagramas, mapas e ilustraciones. Asimismo, guardó información detallada de sus trabajos de investigación y escribió diarios de sus viajes de campo, donde explicaba el propósito y las actividades de varias excursiones por zonas como el valle de la Muerte o el volcán Kilauea de Hawái.

(Continúa en la página 32)

DÍAS DEL PORTAFOLIO

Los estudiantes de arte presentan sus portafolios a ser juzgados en los llamados *días del portafolio*. Estos días también se celebran en las universidades, por lo que durante los Días Nacionales del Portafolio, representantes de muchos de estos centros se reúnen en un campus o un auditorio para ofrecer a quien lo desee su revisión y sus críticas.

La *National Portfolio Day Association*, una organización sin ánimo de lucro que agrupa a más cien instituciones de enseñanza superior, celebra unos treinta y cinco eventos de un día de duración en localidades de todo Estados Unidos, desde septiembre hasta enero, en los que participan de quince a cincuenta instituciones. Debido al gran número de estudiantes que acude, las colas suelen ser largas, y las revisiones no duran más que unos quince minutos.

Sin embargo, la espera vale la pena, porque para muchos estudiantes es la primera vez que alguien hace una crítica real de su trabajo. Algunos suelen contar con una visión sesgada, ya que solo han recibido halagos de familiares y amigos. Aunque en ocasiones la experiencia deje el ego un poco maltrecho, es una llamada de atención que sirve para encarrilar debidamente al interesado. Además, las universidades entran en detalles muy útiles, ya que evalúan aspectos tan específicos como la línea, la escala, el color o la composición, y aconsejan cómo introducir mejoras, por ejemplo, incluyendo más

HACER UN PORTAFOLIO ESTUDIANTIL GENIAL

dibujos del natural, más color o más variedad, o probando distintos medios y temas.

Ciertos alumnos prefieren hacer su portafolio con la ayuda de especialistas, pero esas sesiones resultan caras. Otra posibilidad para quienes sean muy responsables es asistir a clases universitarias o para adultos, con enseñanza más avanzada que la de su instituto.

En los Días Nacionales del Portafolio, los estudiantes tienen la oportunidad de enseñar su trabajo a representantes de universidades para obtener una valoración que les indique qué añadir y qué quitar.

Tomaba anotaciones diarias y resumía cada jornada. Escribió un artículo especialmente documentado de los depósitos diamantíferos de Sierra Leona, en África. Y cuando obtuvo las credenciales necesarias para trabajar como analista de aguas en Iowa, añadió el certificado. De este modo, iba consiguiendo documentos que demostraban su capacidad para llevar a cabo tareas científicas, como buscar nitratos y fosfatos en el agua. La variedad de los materiales que llegó a reunir para su portafolio demostró ser muy atrayente para los encargados de selección de personal.

EL PORTAFOLIO ARTÍSTICO IDEAL

Los estudiantes que desean entrar en una escuela de arte o en una universidad con un programa artístico o de diseño deben ser especialmente cuidadosos con su portafolio. El Cooper Union, uno de los programas de arte y diseño más prestigiosos de Estados Unidos, solo admite anualmente al doce por ciento de los aspirantes.

Como ocurre con la mayoría de los programas de arte, Cooper Union exige la presentación de un portafolio. A los alumnos de instituto se les recomienda que contenga de diez a veinte obras que demuestren su "grado de interés" y constituyan una muestra representativa de sus mejores trabajos. Por tanto, vale la pena hacer hincapié en la diversidad de temas, estilos y medios, ya que esa variedad refuerza la calidad de las creaciones.

Consideremos, por ejemplo, la variedad temática. En

general, un centro queda más impresionado si ve temas distintos. Veinte autorretratos no resultan demasiado interesantes. La diversidad en el medio se consigue con color, blanco y negro, pasteles, óleo, acuarela carboncillo, etc., algo que además de dar fe de un conjunto de aptitudes técnicas demuestra que para el artista es vital seguir experimentando, aprendiendo, descubriendo y creando.

Las piezas incluidas deben revelar maestría técnica y dominio de los materiales. Deben ser trabajos profesionales, sin errores ni descuidos, y estar totalmente acabados; las obras a medio hacer no cuentan.

En su artículo del *New York Times* "Preparar un portafolio", Natalie Lanese, representante del Pratt Institute, de Brooklyn, explica: "Lo primero que queremos ver es cómo dibujan". El dibujo se valora por encima de otras habilidades, porque es la base de muchas disciplinas artísticas, desde el diseño publicitario o de moda a la arquitectura. En muchos campos, el diseño es lo primero, y para diseñar hay que dibujar.

El dibujo del natural es una disciplina especialmente valorada, por lo que el estudiante debe tener un bloc de dibujo y dedicar un tiempo a hacer apuntes. Como las escuelas de arte quieren ver este tipo de habilidad, se recomienda a los aspirantes incluir en su portafolio bocetos o apuntes que revelen su creatividad e intereses. Además, los blocs de dibujo evidencian la capacidad de conceptualizar y resolver problemas.

Muchas escuelas de arte dan especial relevancia a la

CÓMO MEJORAR TU PORTAFOLIO

"observación directa", porque les interesa saber cómo ves el mundo real. El sitio web Art Prof, una plataforma gratuita en línea para las artes visuales, afirma que el dominio del dibujo del natural es actualmente una excepción entre los alumnos de arte del instituto. "Solo con seguir este consejo te distinguirás de la mayoría y te situarás a años luz del resto". Así que no dejes de añadir dibujos del natural a tu colección.

Los estudiantes que aspiren a entrar en la enseñanza superior tienen la oportunidad de revisar su portafolio en el día del portafolio de su escuela o en un acontecimiento nacional. En estos encuentros, los representantes del centro escolar revisan el trabajo y dan consejos para su presentación o entrega.

Si se trata de entrar en una escuela de arte, un portafolio impactante es esencial. Para el School of Art Institute de Chicago, los solicitantes deben incluir de diez a quince de sus mejores creaciones.

El mundo artístico necesita voces originales, y el portafolio debe dejar constancia de la personalidad y la visión única de su autor. Piensa con originalidad. Cuando la School of the Art Institute de Chicago revisa portafolios, que normalmente contienen de diez a quince obras, busca hacerse una idea de ti, de tus intereses y de tu deseo de investigar, experimentar e ir más allá del dominio técnico y las aptitudes pictóricas. La mayoría de las escuelas buscan jóvenes artistas que se diferencien del resto. Copiar estilos está al alcance de muchos, pero una visión original es difícil de encontrar.

La mayor parte de las obras debe haberse creado en los años precedentes. Algunos campos, como la Escultura, son difíciles de presentar, por lo que es necesario utilizar una buena fotografía para que el documento gráfico les haga justicia. Comprueba que las fotos que adjuntas sean de la mayor calidad. Otra forma de presentarlas es con vídeos o películas, normalmente en *pendrive* o mediante un *link*. Ciertas escuelas prefieren que la obra física se envíe por correo postal, y otras aceptan las imágenes de archivos electrónicos.

CAPÍTULO CUATRO

Errores del portafolio y cómo evitarlos

Sacha Greif, encargado de Folyo, una plataforma social en línea para obras artísticas estudiantiles originales que ayuda a las empresas a buscar grandes diseñadores, dice en su sitio web Letsworkshop que el mayor error que puede cometerse es carecer de portafolio. "Incluso en estos tiempos de blogs, nanoblogs y redes sociales, es inexcusable no tenerlo".

Los portafolios bien hechos marcan la diferencia en este mundo tan competitivo. Los empleadores suelen estar inundados de material y disponen de poco tiempo para revisarlo todo, así que es fundamental que el tuyo sea corto y vaya al grano, sin reducir la presentación a una única y miserable página, por supuesto. Lo más frecuente es prepararlo en función del trabajo que se solicite. Si eres flexible al crearlo, te será más fácil ajustar su contenido dependiendo de la situación.

MEJORA TU PORTAFOLIO

Esta es tu oportunidad para venderte, así que evitar los errores te ayudará a conseguir tu meta. Sin embargo, ten pre-

Para conseguir un trabajo, el portafolio debe ajustarse lo más posible a los requerimientos del puesto. Las críticas de colegas y amigos ayudan a afinar la presentación.

sente que ciertos trabajos son más subjetivos que otros. Si alguien responde a tus obras de forma negativa, por ejemplo, es posible que simplemente no le gusten. Aquí te dejamos algunos consejos para que mejores tu presentación:

- **No seas desordenado.** En su libro *Cómo hacer un portafolio para que te contraten*, Jennifer Pastore, editora fotográfica asociada de *T: The New York Times Style Magazine*, afirma: "La menor muestra de desorden en el diseño es inaceptable".

- **Repasa atentamente la ortografía y revisa todo con mil ojos.** Otros han podido cometer errores que tú no has advertido. Pasa el corrector ortográfico, pero no dejes todo en manos de la autocorrección. A veces, la computadora comete errores. Las faltas de ortografía pueden hundir tus posibilidades de conseguir el empleo. No descuides los detalles esenciales.

- **La organización ayuda.** Divide por categorías las obras que quieras adjuntar. Un escritor independiente, por ejemplo, las organizará por libros, artículos y obras publicitarias o de márquetin. Ordenar las muestras por géneros te ayudará a presentarlas.

- **El formato cuenta.** Por ejemplo, si tu portafolio consiste en una carpeta voluminosa, conviene que añadas un índice que detalle a qué páginas prestar más atención. Comprueba que sea fácil de ver. En una entrevista en línea para la revista *Format*, su director ejecutivo y cofundador, Lukas Dryja, explica que debes revisar tu portafolio en línea como si se tratara de un escaparate, y preguntarte si te pararías a mirar y si se ve con claridad lo que vendes.

- **Presenta imágenes visibles.** No incluyas imágenes diminutas que cueste distinguir. Los revisores no tienen por qué dejarse los ojos. Si a ti te cuesta verlas, agrándalas.

- **No seas aburrido.** Procura que tu texto sea interesante. Si no lo es, sugiere que tú tampoco lo eres. Las imágenes también deben resultar atrayentes; si no perteneces a ningún campo artístico, te costará más, pero sírvete de mapas o gráficos que ilustren tu trabajo.

- **Asegúrate de adjuntar obras de máxima calidad.** No incluyas lo que no valga. Ponte en el lugar del empleador y pregúntate: "¿Puedo contar con que esta persona realice para mí una gran labor?". Es mejor que presentes seis obras maestras que seis maestras y seis mediocres.

- **La calidad supera a la cantidad.** Edítate con dureza. Haz que tu trabajo sea capaz de que una persona se pare en seco y exclame: "¡OH!". De hecho, cuando alguien progresa en su carrera, suele quitar los proyectos escolares y quedarse solo con los profesionales.

APRENDE A DECIR "NO"

Quien es capaz de crear algo que vale la pena sabe decirle no al trabajo que no le supone ningún avance profesional. Sin embargo, decir que no, es una habilidad difícil de aprender. Como Steve Jobs, cofundador de Apple, dijo en la revista *Forbes*, "La gente se cree que estar centrado significa decir sí al asunto que te interesa, pero no es verdad. Significa decir no a otro centenar de buenas ideas que corren por ahí. Tienes que elegir con cuidado. En la actualidad, estoy tan orgulloso de las cosas que hemos hecho como de las que no hemos hecho. La innovación consiste en decir que no a mil cosas". Di que sí a las que te ayuden a alcanzar tus objetivos

(Continúa en la página 42)

DÓNDE PRESUMIR DE TU TRABAJO

Si quieres enseñar tu portafolio al público adecuado para potenciar tu carrera y ofrecerte más oportunidades, explora sitios web especialmente diseñados para tu recorrido profesional. La mayoría elimina del proceso el duro trabajo de la codificación computacional. Estos son algunos ejemplos que vale la pena investigar, aunque una búsqueda en línea te revelará más opciones.

Para autores

- Clippings.me está dirigido a periodistas *freelance* y permite a los escritores enseñar tantos clips (muestras de escritos publicados) como deseen.

- Journo Portfolio está pensado para todo tipo de escritores (redactores de textos publicitarios, editores de contenidos, blogueros…). Los usuarios pueden descargar todo tipos de formatos multimedia, como PDF, vídeos y fotos.

Para arquitectos

- ArchDaily presenta una sección de proyectos de muchas categorías, que incluyen cuidado de la salud, hospitalaria, industrial, comercial y residencial. Las fotos y los planos sirven de inspiración para cualquier arquitecto que construya un portafolio.

Para artistas

- Behance expone trabajos creativos de artistas que

trabajan en numerosos medios. El servicio es gratuito y sus usuarios son una comunidad de ámbito internacional.

- Coroflot no solo ofrece una herramienta para crear un portafolio en línea para una serie de diseñadores, esta plataforma gratuita también proporciona ofertas de empleo y un boletín informativo mensual.

Para científicos

- ScienceSites, fundado por un grupo de escritores de ciencias, ayuda a los investigadores a presentar su trabajo en línea de forma dinámica y personalizada.

Para profesores

- PortfolioGen ofrece una herramienta dirigida a los docentes, con el objeto de que presenten eficaz-

(Continúa en la página siguiente)

Profesores, científicos, artistas, arquitectos, escritores, contables y otros profesionales buscan sitios web especializados en presentar su material y su currículum.

mente planes de estudio, certificados, publicaciones, actividades de desarrollo profesional y más.

Para agentes inmobiliarios

- Style Agent reúne sitios web de agentes inmobiliarios de todo Estados Unidos, donde cada sitio representa el portafolio de un agente. Los muchos ejemplos que contiene sirven de inspiración para quienes estén preparando su portafolio en línea.

Para financieros

- Financial Job Bank proporciona los medios para crear un portafolio profesional en línea, así como pistas para miles de ocupaciones relacionadas con las finanzas y la contabilidad.

y no a las que te lo impidan. Si dices que sí a demasiadas, debilitarás tu trabajo y tu concentración.

UN JUSTO EQUILIBRIO

Cuida tus palabras. No debes pasarte de humilde ni de fanfarrón. Ciertas personas cometen el error de utilizar un humor que las rebaja y que los empleadores no tienen por qué entender. Lo importante es que subrayes tu confianza para conseguir el trabajo. No pongas de manifiesto tus debilidades. Y de hecho, si sientes la tentación de disculparte por algo, ese algo no merece ser compartido y hay que eliminarlo. Además, piénsate dos veces lo de presentar obras superexperimentales que sean difíciles de reproducir.

PROPORCIONA DETALLES

La falta de detalles obliga a la gente a suponer. Debes explicar al revisor ciertos antecedentes de tu trabajo; típicamente, para qué era, cuándo se creó, cuál fue tu papel y qué efecto ejerció en tu trayectoria. Si ayudó a un potencial empleador o a un cliente, cuéntalo también. El lector debe saber si tu labor contribuyó a estar más cerca de un objetivo o a conseguirlo, ya se tratara de un proyecto para un profesor o para un jefe.

No incluir suficientes datos sobre ti resultaría negativo. En un portafolio, ya sea físico o en línea, el revisor quiere ver información personal. La biografía no debe ser un simple formulario, sino algo más íntimo, algo que provoque en el lector el deseo de saber más. Los testimonios de los clientes te ayudarán a venderte. Es posible que incluir unos comentarios escogidos de pasados empleadores te proporcione el empujoncito que necesitas para conseguir el premio.

MANTENLO ACTUALIZADO

Los empleadores quieren ver ejemplos de tu trabajo más reciente. Ciertas personas también llevan un blog de su vida profesional, y los blogs constituyen un maravilloso complemento para sus presentaciones.

CAPÍTULO CINCO

Lo que ven los empleadores

Al sopesar el valor de un portafolio como herramienta para conseguir empleo, algunos candidatos se preguntan: "¿De verdad les importa a los empleadores?". En el competitivo mercado de hoy, la respuesta es sí. Cuando los jefes o los encargados de recursos humanos tienen que seleccionar entre sus mejores candidatos, recurren a los portafolios para tomar la decisión final. El contenido del portafolio físico o digital debe demostrar de forma concreta si el empleado potencial está a la altura.

Según una encuesta reciente de CareerBuilder realizada entre más de dos mil directores de contratación y encargados de recursos humanos, seis de cada diez empleadores que se sirven de las redes sociales para seleccionar candidatos dijeron que buscaban información que apoyara la cualificación para el trabajo, y eso incluye un portafolio profesional. Según un sondeo reciente de la *Association of American Colleges and Universities* de cuatrocientos empleadores, el ochenta por ciento pensaba que un portafolio electrónico del trabajo estudiantil era bastante o muy útil.

LO QUE VEN LOS EMPLEADORES

Hanyi Lee, jefa de diseño de la Secret Little Agency, que concibe campañas publicitarias, cree firmemente en el poder del portafolio y recomienda a los jóvenes que estén al tanto de los acontecimientos empresariales donde puedan enseñarlo. En el sitio web CreativeBloq, Lee explica qué quiere ver en el de una persona joven: "Claridad creativa. Imagina que miras tu portafolio por primera vez. ¿Entiendes de qué va el trabajo en dos segundos? La explicación del trabajo es tan importante como el trabajo en sí".

Y añade que su agencia valora la diversidad de los medios presentados; ella no se conforma con ver obras impresas, exige formatos digitales y en vídeo. Es recomendable

> Los responsables de recursos humanos y los encargados de contratación recurren cada vez más a los portafolios para evaluar las aptitudes, la creatividad, la atención al detalle y la productividad del solicitante.

considerar el portafolio como algo flexible y variable. Debe mostrar lo que eres capaz de aportar a ciertos empleadores y acentuar por qué quieres trabajar para ellos.

DIFERÉNCIATE

En el artículo "¿Dónde está tu portafolio ejecutivo?" de TheLadders, una empresa de colocación en línea, Don Straits, autoridad en estrategias y tecnologías contemporáneas de búsqueda de empleo, dice que el portafolio da a los aspirantes la oportunidad de romper el molde y distinguirse del montón. Straits se refiere a los portafolios ejecutivos, pero el mensaje puede extenderse a todo tipo de portafolios: dan la oportunidad de acentuar tu experiencia, tus conocimientos y tu capacidad de hacer una contribución fuera de serie. Además del currículum y el resumen de logros, Straits aconseja incluir una lista de proyectos, así como mencionar campos de investigación, estudios independientes, patentes y material con derechos de autor o de propiedad.

Los empleadores aseguran que el portafolio ayuda a conseguir un puesto, y que es práctico a la hora de lograr un aumento de sueldo o una promoción. Cuando llega el momento de una evaluación del desempeño, la compilación de logros prueba la valía del empleado. El simple hecho de que seas lo bastante organizado como para guardar tu historia laboral les impresiona.

Los responsables de recursos humanos mirarán sobre todo las primeras páginas, así que asegúrate de poner en ellas tus mejores obras. En el artículo "Consejos clave para hacer un portafolio sobresaliente" de *Creative Review*, una de las mayores comunidades en línea dedicadas a la cultura visual, Jack Smallman, director creativo australiano, dice que es imprescindible retirar de tu trabajo aquello que sea mediocre. Si dejas lo malo, indica que no sabes distinguir entre lo uno y lo otro.

RESALTA LO POSITIVO

En el mismo artículo, Pip Jamieson, fundadora de la comunidad creativa The Dots, afirma que a los encargados de recursos humanos les encanta ver recomendaciones y obras que hayan ganado premios, ya que respaldan la calidad del trabajo que eres capaz de hacer. Pero considera también la posibilidad de añadir proyectos personales, ya que lo que hayas puesto en marcha tú mismo indica mayor iniciativa. Puede consistir en concursos, contribuciones a grupos de voluntariado o simplemente un proyecto de entretenimiento que ilustre tu pasión.

Según una reciente encuesta de CareerBuilder, los empresarios buscan graduados con mayores conocimientos técnicos. Uno de cada diez afirma que a los estudiantes les faltan habilidades técnicas y computacionales. El portafolio debe revelar motivación y centrarse en las cualidades o conocimientos que según los empleadores no abundan entre los graduados.

En ocasiones, haber hecho un voluntariado beneficia al solicitante, ya que demuestra iniciativa, motivación y capacidad para centrarse, valores que según ciertos empleadores no abundan entre los nuevos graduados.

¿QUÉ QUIEREN LOS EMPLEADORES?

El portafolio da la oportunidad de hacer hincapié en ciertas características que las empresas están deseando conseguir. Algunas son:

- **Habilidades sociales.** El portafolio pone de manifiesto la experiencia individual para comunicarse con grupos de manera efectiva. Te da la ocasión de hablar con lógica y apasionamiento de un tema, establecer contacto visual y demostrar capacidad de escucha. Escuchar con atención es tan importante como expresarse bien. Ciertos empleadores creen que hoy en día se pasa demasiado tiempo comunicándose en línea o con mensajes de texto, lo que va en detrimento de la expresión verbal. Los candidatos jóvenes deben saber hablar delante de un grupo de manera convincente. Cualquier experiencia de este tipo debe incluirse en el portafolio, como haber difundido los anuncios matutinos por el sistema de megafonía de la escuela, transmisiones en directo de un acontecimiento deportivo, ser DJ en la emisora de radio escolar o haber participado en representaciones en el auditorio.

- **Facilidad para escribir.** La comunicación escrita es señal de profesionalidad y es vital para la conclusión de la mayoría de los trabajos. A fin de progresar, las ideas deben estar bien expresadas, así que

(Continúa en la página siguiente)

Cómo mejorar tu portafolio

es fundamental el uso correcto de la gramática, la ortografía y el lenguaje. En esto también el portafolio proporciona la oportunidad de demostrar buena escritura, al incluir un artículo publicado en el periódico escolar, un trozo de discurso, una breve descripción de un proyecto científico, una carta de propuesta o cualquier ejemplo de anuncio o de material de relaciones públicas que hayan escrito para un trabajo de clase.

- **Capacidad para resolver problemas.** Los proyectos del portafolio deben contener un problema al que los estudiantes se hayan enfrentado y hayan resuelto. Por ejemplo, veamos la historia de un alumno de instituto que debía encontrar al protagonista perfecto

Los empleadores valoran más unas aptitudes que otras. Entre las más buscadas están las habilidades sociales, el talento para escribir, la capacidad de liderazgo y la facilidad para resolver problemas.

para un proyecto de película. El alumno organizó audiciones para los actores de su comunidad y obtuvo numerosas respuestas. Entonces reunió a los candidatos en una sala de la biblioteca local. Aun así, el futuro director no encontró a la persona adecuada y empezó a desesperarse. En un momento dado, miró por la ventana de la sala. Dos pisos más abajo vio pasar a un joven moreno que encajaba en sus expectativas. Aunque sabía que era una posibilidad remota, bajó corriendo a la calle y se acercó al joven para explicarle la situación. El desconocido contestó que daba la casualidad de que era actor y que le encantaría hacer la audición. Al final, el joven hizo una interpretación perfecta y se lució en la película.

- **Capacidad de liderazgo.** Según una encuesta reciente de Millennial Leadership para *The Hartford*, el setenta y siete por ciento de los encuestados se consideran líderes y aspiran a serlo en el futuro. Sin embargo, muchos empleadores consideran que los jóvenes necesitan aplicarse en este campo. El portafolio puede hacer hincapié en los esfuerzos de liderazgo y demostrar que han alcanzado el éxito. Los estudiantes deberían añadir los acontecimientos que hayan dirigido, como una campaña de recaudación de fondos o un club escolar, una recogida de alimentos, una organización extraescolar o un gobierno estudiantil.

MANTÉN TU PORTAFOLIO ACTUALIZADO

A la gente no le interesa tanto lo que conseguiste hace cinco años como lo que consigas hacer ahora. Mantener el portafolio actualizado es fundamental. Además, las revisiones ocasionales te indicarán los aspectos que debes fortalecer. Por ejemplo, puedes ser un experto diseñando en una versión de Adobe Ilustrator de hace años, pero no tienes ni idea de cómo se maneja la última. Eso indica que necesitas cierto entrenamiento, ya sea por tu cuenta o asistiendo a alguna clase.

Cuando revises tu portafolio, pregúntate: "¿Me estoy retando a mí mismo? ¿Demuestra este trabajo que estoy avanzando?". Consulta también todos los *links* que contenga para comprobar que los sitios web a los que remite siguen activos. La gente que tiene un trabajo fijo suele volverse cómoda y dejar que sus portafolios acumulen polvo. Pero la volatilidad del mercado laboral golpea a veces sin previo aviso. Si mantienes tu portafolio al día, estarás más preparado para lanzarte a una nueva carrera profesional. Por último, guarda las copias de los proyectos que vayas completando y trata de añadirles unas líneas de comentarios positivos de los clientes para los que trabajes. Algún día te será de gran utilidad.

GLOSARIO

BLOG Abreviatura de *web log*, sitio en línea que se actualiza con regularidad, normalmente escrito en tono familiar por particulares o grupos reducidos.

CARTOGRAFÍA Ciencia del establecimiento y trazado de mapas.

CREAR REDES DE CONTACTOS Establecer relaciones con gente que te ayude a avanzar en una carrera.

CÓDIGO Instrucciones computacionales escritas en un lenguaje de programación.

CUSTOMIZAR Modificar o construir según especificaciones y necesidades personales.

DIBUJO DEL NATURAL Dibujo que copia sujetos u objetos del mundo real. También se denomina dibujo observacional.

EVALUAR Estimar el valor de algo.

HOSTING Servicio informático que permite a particulares y organizaciones hacer accesibles sus sitios web a través de internet.

MARCA PROFESIONAL La que define quién eres y con qué aptitudes específicas cuentas para desempeñar un empleo.

PENDRIVE Pequeño dispositivo portátil para almacenar datos, también llamado lápiz de memoria o memoria USB.

RECLUTADOR Persona que ayuda al empleador a cubrir puestos vacantes. Suelen elegir los candidatos para una determinada gama de puestos.

REMUNERACIÓN Paga monetaria o no monetaria que se da al empleado por su trabajo.

REVISIÓN DE ANTECEDENTES Investigación destinada a verificar la historia de un demandante de empleo.

TRABAJO TEMPORAL Arreglo laboral limitado en el tiempo.

PARA MÁS INFORMACIÓN

Canadian Alliance of Student Associations
130 Slater St #410
Ottawa, ON K1P 6E2
Canada
Sitio web: http://www.casa-acae.com
(613) 236-3457
Este sitio, que da voz a los estudiantes canadienses más allá de la enseñanza secundaria, está compuesto por asociaciones estudiantiles de todo Canadá.

DECA
1908 Association Drive
Reston, VA 20191
(703) 860-5000
Sitio web: http://www.deca.org
Esta organización internacional proporciona proyectos de servicios comunitarios, acontecimientos deportivos, conferencias educativas, puestos de liderazgo y redes de contactos para alumnos de instituto de los cursos noveno a decimosegundo que pretendan cursar estudios de márquetin, finanzas, hostelería, administración empresarial y creación de empresas.

National Art Education Association
901 Prince Street
Alexandria, VA 22314
(800) 299-8321
Sitio web: http://www.arteducators.org

Entre otros servicios, este grupo apoya a los más de cincuenta y cuatro mil alumnos que pertenecen a la National Art Honor Society, cuya misión es inspirar y premiar a los estudiantes que han demostrado aptitudes e intereses artísticos.

National Portfolio Day Association
44744 Helm Street
Plymouth, MI 48170
email: lmorabito@fidm.edu
Creada en 1978, esta organización planea y organiza los Días Nacionales del Portafolio por todo Estados Unidos para estudiantes de artes visuales y diseñadores que desean conocer a representantes de universidades acreditadas por la National Association of Schools of Art and Design, así como universidades canadienses de la Association of Universities and Colleges of Canada (AUCC).

SITIOS DE INTERNET

Debido a la naturaleza cambiante de los *links* de Internet, Rosen Publishing ha publicado una lista *online* de sitios web relacionados con el tema de este libro. Este sitio se actualiza con regularidad. Utiliza el siguiente *link* para acceder a la lista:

http://www.rosenlinks.com/SFS/portfolio

MÁS LECTURAS

Bolles, Richard. *What Color Is Your Parachute? 2017: A Practical Manual for Job-Hunters and Career-Changers.* Emeryville, CA: Ten Speed Press, 2016.

Dahlstrom, Harry S. *The Job Hunting Handbook.* Holliston, MA: Dahlstrom + Company, 2014.

Hopson, Barrie. *And What Do You Do?: 10 Steps to Creating a Portfolio Career.* Edinburgh, UK: A&C Black, 2010.

Janda, Michael. *Burn Your Portfolio: Stuff They Don't Teach You In Design School, But Should.* San Francisco, CA: New Riders, 2013.

Kleon, Austin. *Show Your Work!: 10 Ways to Share Your Creativity and Get Discovered.* New York, NY: Workman Publishing, 2014.

Robins, Mary. *Guide to Portfolios: Creating and Using Portfolios for Academic, Career, and Personal Success.* New York, NY: Pearson, 2009.

Taylor, Fig. *How to Create a Portfolio & Get Hired: A Guide for Graphic Designers and Illustrators.* London, UK: Lawrence King Publishing, 2010.

Tracy, Brian. *Eat That Frog!: 21 Great Ways to Stop Procrastinating and Get More Done in Less Time.* Oakland, CA: Berrett-Koehler Publishers, 2007.

Weingrow, Marjorie. *Get The Job You Love: An Easy to Follow Guide to Help Students Get the Career They Want.* North Charleston, SC: CreateSpace Independent Publishing, 2012.

BIBLIOGRAFÍA

Balch, Erica. "Stanford expert: Learning portfolios help students 'tell their story'." McMaster University Daily News, April 9, 2015. Retrieved October 1, 2016. http://dailynews.mcmaster.ca/article/stanford-prof-learning-portfolios-help-students-tell-their-story.

Ciarallo, Joe. "From the Recruiter's Desk: What Goes Into a Good PR Portfolio?" PRNewser, September 15, 2009. http://www.adweek.com/prnewser/from-the-recruiters-desk-what-goes-into-a-good-pr-portfolio/3041.

Editorial Team. "Creating a Work Portfolio." Engineering.com, December 15, 2010. http://www.engineering.com/career-advice/creating-a-work-portfolio.

Elliott, Megan. "5 Skills College Grads Need to Get a Job." USA Today, May 3, 2015. http://www.usatoday.com/story/money/personalfinance/2015/05/03/cheat-sheet-skills-college-grads-job/26574631.

Foran, Kara. "7 Creative Personal Websites (and Where to Make Yours)." Aftercollege, June 18, 2015. http://blog.aftercollege.com/7-creative-personal-websites-and-where-to-make-yours.

"Frequently Asked Questions." Cooper Union. Retrieved October 1, 2016. http://www.cooper.edu/admissions/facts/faq.

Frost, Aja. "4 Secrets to Building a Portfolio That'll Make Everyone Want to Hire You." The Muse. Retrieved October 1, 2016. https://www.themuse.com/advice/4-

secrets-to-building-a-portfolio-thatll-make-everyone-want-to-hire-you.

Grant, Daniel. "Portfolio Prep." *New York Times*, October 30, 2008. http://www.nytimes.com/2008/11/02/education/edlife/guidance.html?_r=0.

Hansen, Randall. "10 Portfolio Career Tips." Quintessential. Retrieved October 1, 2016. https://www.livecareer.com/quintessential/portfolio-career-tips.

Kistler, Pete. "Why You Need a Portfolio in Your Job Career Toolbox." Brand Yourself, July 30, 2008. http://blog.brandyourself.com/career/job-search-career/why-you-need-a-portfolio-in-your-job-career-toolbox.

Lieu, Clara, and Thomas Lerra. "Ask the Art Prof: What Should You Include in an Art Portfolio for Art School or College Admission?" Art Prof, March 19, 2013. https://claralieu.wordpress.com/2013/03/19/ask-the-art-professor-what-should-you-include-in-an-art-portfolio-for-art-school-or-college.

McGee, Katie. "The Five Essential Ingredients of a Great Online Portfolio." Skillcrush, March 25, 2013. https://skillcrush.com/2013/03/25/the-five-essential-ingredients-of-a-great-online-portfolio.

"MIT's Justin Lai: Why Engineering Portfolios are Important." Seelio, February 20, 2013. http://blog.seelio.com/2013/02/20/engineering-portfolios.

"9 Things to Include in a Business Portfolio." American

Intercontinental University Blog, March 21, 2014. http://www.aiuniv.edu/blog/march-2014/9-things-to-include-in-a-business-portfolio

"Portfolio Perfection: What the Best Agencies Want to See." The Creative Group/A Robert Half Company. Retrieved October 1, 2016. https://www.roberthalf.com/creativegroup/need-work/career-resources/agency-life/what-the-best-agencies-want-to-see-in-your-portfolio.

Portorcarerro, Carlos. "Why Everyone Needs a Portfolio of Work." WiseBread: Living Large on a Small Budget, May 3, 2012. http://www.wisebread.com/why-every-one-needs-a-portfolio-of-work.

Sarikas, Christine. "Complete Expert Guide: How to Make an Art Portfolio for College." PrepScholar, September 13, 2015. http://blog.prepscholar.com/how-to-make-an-art-portfolio.

Smith, Grace. "20 Tools to Showcase Your Portfolio." Mashable, September 17, 2013. http://mashable.com.

Taylor, Fig. *How to Create a Portfolio & Get Hired: A Guide for Graphic Designers and Illustrators.* London, UK: Lawrence King Publishing, 2010.

"Your Portfolio Is not the Work You Did—It's the Work You'll Do Next." Professional Association for Design. Retrieved October 1, 2016. http://www.aiga.org/design-portfolio-advice-what-is-my-goal

ÍNDICE

A

Adobe Illustrator, 29, 52
ArchDaily, 40
Art Prof, 34
Association of American Colleges and Universities, 44

B

Behance, 22, 40
buscar empleo, lo imprescindible, 9–10

C

"Cómo hacer un portafolio para que te contraten", 37
"Consejos clave para hacer un portafolio sobresaliente", 47
CareerBuilder, 44, 47
carta de presentación, 4, 9, 10
centros universitarios, 28
Clippings.me, 40
Cooper Union, 32
Core 77/Industrial, revista, 6
Coroflot, 41
CreativeBloq, 45
Creative Review, 47

currículum, 4, 7, 9, 11, 17, 46

D

"¿Dónde está tu portafolio ejecutivo?", 46
Danzico, Liz, 5–6
decir «no», 39, 42
Días del Portafolio, 30–31
Dots, The, 47
Dryja, Lukas, 38

F

Financial Job Bank, 42
Folyo, 36
Forbes, revista, 39
Format, 38
Fox Business, 20

G

Google, 25, 28
Google Sites, 28
Greif, Sacha, 36
Grokcode, 15

H

habilidades buscadas por empleadores
    escribir, 49–50
    liderazgo, 51

resolución de problemas, 50–51
socilaes, 49
habilidades para entrevistarse, 10

J

Jamieson, Pip, 47
Jobs, Steve, 39
Johnson, Jess, 15
Journo Portfolio, 40

L

Lanese, Natalie, 33
Lee, Hanyi, 45
Letsworkshop, 36
LinkedIn, 4, 25

N

National Portfolio Day Association, 30
New York Times, 33, 37

P

"Preparar un portafolio", 33
Pastore, Jennifer, 37
Photoshop, 29
portafolio
    actualización, 43, 52
    artístico, 32,35

"carreras de portafolio", 16
carreras que lo precisan, 13–16
demostración de habilidades en un, 49–51
días del portafolio, 30–31
ejecutivo, 46
electrónico, 18–19, 21, 23–25, 44
empezar un, 17–19
equilibrio, 42–43
físico, 19–21
incluido en, 5, 11–13
mejora del, 36–39
para geología, 28
presumir del tuyo, 40–42
programas universitarios que lo exigen, 27–29
propósito del, 4–6
servicios para confeccionar un, 21–22
sobresaliente, 47
uso de la experiencia escolar en el, 27–32
y currículum, 7
PortfolioGen, 41
Pratt Institute, 33

Q

"¿Qué debe incluir en su portafolio digital un alumno de geología?", 28

R

red de contactos, 25
referencias, 10

S

School of the Art Institute of Chicago (SAIC), 35
ScienceSites, 41
Secret Little Agency, 44–45
sitios web de portafolios
    para agentes inmobiliarios, 42
    para arquitectos, 40
    para artistas, 40–41
    para autores, 40
    para científicos, 41
    para financieros, 42
    para profesores, 41
Smallman, Jack, 47
Squarespace, 22
Straits, Don, 46
Style Agent, 42

T

T: The New York Times Style Magazine, 37
Tolan, Tim, 20
TheLadders, 46

U

USA Today, 28

W

Weebly, 21, 24
Wix, 22, 24
Wordpress, 22, 24

SOBRE EL AUTOR

Don Rauf ha escrito más de treinta libros de no ficción para jóvenes, como *Kickstarter, Killer Lipstick and Other Spy Gadgets, Virtual Reality, Getting the Most Out of Makerspaces to Explore Arduino & Electronics, Getting the Most Out of Makerspaces to Build Unmanned Aerial Vehicles* y *Powering Up a Career in Internet Security*.

CRÉDITOS FOTOGRÁFICOS

Cubierta Jupiterimages/BananaStock/Thinkstockphoto.com; p. 5 BJI/Blue Jean Images/Getty Images; p. 8 Robert Kneschke/Shutterstock.com; p. 9 © iStockphoto.com/hellena13; p. 12 DW labs Incorporated/Shutterstock.com; pp. 14, 45 racorn/Shutterstock.com; p. 18 michaeljung/Shutterstock.com; p. 20 Fabryczka Fotografii/Shutterstock.com; pp. 24, 50 mimagephotography/Shutterstock.com; p. 27 Fuse/Corbis/Getty Images; pp. 29, 48 wavebreakmedia/Shutterstock.com; p. 31 Stock Rocket/Shutterstock.com; p. 34 Ralf-Finn Hestoft/Corbis Historical/Getty Images; p. 37 Jacob Lund/Shutterstock.com; p. 41 Surasak Ch/Shutterstock.com; cover and interior pages background graphics Ralf Hiemisch/Getty Images (line and dot pattern), Simikov/Shutterstock.com (solid pattern)

Diseñador: Brian Garvey; Puesta en papel: Raúl Rodriguez; Director editorial, español: Nathalie Beullens-Maoui; Editor, inglés: Nicholas Croce; Investigador fotográfico: Ellina Litmanovich